HET ZIT IN DE FAMILIE

Kevin Brooks

Het zit in de familie

VERTALING
Han van der Vegt

facet

Antwerpen
2005

CIP GEGEVENS KONINKLIJKE BIBLIOTHEEK - DEN HAAG
C.I.P. KONINKLIJKE BIBLIOTHEEK ALBERT I

Brooks, Kevin

Het zit in de familie / Kevin Brooks [vertaald uit het Engels
door Han van der Vegt] – Antwerpen: Facet, 2005
Oorspronkelijke titel: Bloodline
Oorspronkelijke uitgave: Barrington Stoke Ltd.
ISBN 90 5016 450 1
Trefw.: Thriller
NUR 284

Wettelijk depot D/2005/4587/1
Omslagontwerp: Facet
Omslagfoto: Zefa
Copyright © 2004 by Kevin Brooks
Copyright © Nederlandse vertaling: Facet nv

Eerste druk maart 2005

Briefje van de schrijver

Ideeën voor verhalen kunnen werkelijk overal vandaan komen – maar ze kunnen ook helemaal nergens vandaan komen. Het idee voor dit verhaal kwam werkelijk helemaal nergens vandaan. Ik was op dat moment niets aan het doen. Ik dacht zelfs nergens aan. Ik hing gewoon wat rond op een saaie zaterdagmiddag, toen me ineens een gedachte te binnen schoot.

Stel nou, dacht ik, *stel nou dat je een jongen van vijftien bent en je zit met je pa, je opa en je overgrootvader in een kamer en je mag ze geen van drieën echt? Hoe zou je je dan voelen?*

In het begin leek me het niet zo'n sterk idee, maar hoe langer ik erover nadacht, hoe spannender het werd, en de paar dagen daarop merkte ik steeds weer dat ik me van alles aan het afvragen was – over gezinnen, over ouders, over de dingen die ons maken wie we zijn.

En voor ik het wist was het idee tot leven gekomen en een verhaal geworden. Ik hoop dat je het een goed verhaal vindt en dat het ook voor jou tot leven komt.

1

Hierbinnen is het nooit
zomer

Ik weet niet hoe het met jou zit, maar als ik een verhaal lees dan wil ik meteen weten wat er aan de hand is. Ik hoef niet *alles* te weten. Ik hoef de dingen die niet in het verhaal voorkomen niet te weten. Maar ik moet wel vanaf de eerste bladzijde weten wat er aan de hand is. Ik wil feiten. Ik wil weten wie wie is en wat wat is...

En dan wil ik gewoon verderlezen.

Dus – als je het goed vindt – ga ik het zelf ook zo aanpakken.

Ik zal beginnen met wie wie is.

Ten eerste, ikzelf.

Naam – Finbar Black.

Leeftijd – 15.

Uiterlijk – lang, donker, knap, charmant...

O, sorry, ik zit te dromen. Dat doe ik even over.

Naam – Finbar Black.

Leeftijd – 15.

Uiterlijk – gewoontjes.

Dat is beter.

Volgende – mijn pa.

Naam – Alfred Black.

Leeftijd – 35.

Uiterlijk – saai.

De derde – Pa's pa, mijn opa.

Naam – Ronald Black.

Leeftijd – 57.

Uiterlijk – vuil, krankzinnig, zielig, hebberig.

En de laatste – Opa's pa, mijn overgrootvader.

Naam – Albert Black, maar iedereen noemt hem Oupa.

Leeftijd – bijna dood.

Uiterlijk – moeilijk te zeggen. Hij komt nooit uit zijn stoel en hij zegt bijna nooit iets.

Goed – nou weet je *wie* we zijn. Wat wat is en waar dat is, is snel verteld. Het is de zaterdagmiddag van de laatste week van juni, en we zitten met z'n vieren in opa's voorkamer tv te kijken.

Het is bijna vier uur, en we zitten hier al sinds een uur of twaalf. Ik verveel me dood. Buiten kan ik de zomergeluiden horen, kleine kinderen die op straat spelen. In de verte hoor ik de bel van de ijscoman. Er komt hip-hop uit de stereo van een langsrijdende auto. Ik kan me de warme zon voorstellen die brandt aan een helder blauwe hemel...

Maar dat is allemaal buiten.

Hierbinnen, in deze stoffige oude kamer, zijn de gordijnen dicht. De buitenwereld lijkt duizenden kilometers ver weg.

Hierbinnen is het nooit zomer. Behalve de paardenrennen op de tv is er hier niets dan een kamer vol muffe lucht, en drie levende lijken – pa, opa en Oupa die, afgezien van zo nu en dan een stiekeme scheet, het laatste half uur geen geluid hebben gemaakt. Ze *zeggen* nooit wat. Ze zitten daar maar. Pa en opa zitten samen onderuit op de bank. Oupa zit in zijn hobbezakkerige oude leunstoel. Ze zitten alle drie stom naar het tv-scherm te staren. Het lijkt wel of ze het leven wegzuigen uit alles om hen heen...

Ze slepen me met zich mee.

Leven ze eigenlijk nog wel?

Ik zou het zo erg nog niet vinden als ze geen familie van me waren – mijn eigen vlees en bloed. En elke keer als ik naar hen kijk, vraag ik me af hoe ik er over een aantal jaren uit zal zien. Word ik in de toekomst ook zo? Als ik daaraan denk moet ik rillen. Ik wil niet zo worden als zij. Ik wil niet oud worden. Ik wil niet eens *nadenken* over oud worden.

Nou, zeg ik tegen mezelf, *denk er dan gewoon niet over na. Denk dan aan iets anders.*

Waaraan dan?

Weet ik veel... maakt niet uit. Denk maar aan Amy—

Nee, ik wil niet aan haar denken.

Waarom niet? Alleen omdat—

Houd je bek.

Die laatste drie woorden klinken zo duidelijk door mijn hoofd dat ik even denk dat ik ze hardop heb gezegd. Ik schaam me, dus kijk ik goed om me heen... Heeft iemand iets gemerkt?

Nee, het is oké – ze staren nog steeds naar de tv.

Maar goed, dit stelletje zou zich nog niet verroeren als er een bom ontplofte. Ze merken *nergens* iets van.

Over Amy dan maar. Ze is mijn vriendin... of liever, ze *was* mijn vriendin. Eigenlijk heb ik maar twee keer met haar gepraat.

De eerste keer was vorige week, toen ik haar vroeg of ze vanavond met me wilde afspreken bij de bushalte.

De tweede keer was gisteravond toen ze me opbelde om te zeggen dat ze wel iets beters te doen had.

Ik hoor mezelf vragen: 'Zullen we de gordijnen opendoen?'

Niemand geeft antwoord.

'Pa?' zeg ik.

'Wat?' gromt hij.

'Mag ik de gordijnen opendoen?'

'Nee,' zegt opa. Hij houdt zijn blik strak op de tv.

'Maar het is eigenlijk best mooi weer—'

'Laat hangen,' mompelt opa.

Ik kijk naar pa.

Pa zegt: 'De zon is te fel. Die schijnt in het scherm.'

'Doet pijn aan mijn ogen,' zegt opa.

'Het doet pijn aan zijn ogen,' herhaalt pa.

'Oké,' zeg ik.

En we verzinken weer allemaal in stilte.

Wat doe ik hier?

Op de laatste zaterdag van de maand ga ik altijd bij mijn pa op bezoek. Dat *wil* ik niet, en ik denk niet dat hij het wil, maar ik kom hier nu al zoveel zaterdagen dat we er niet meer al te veel over nadenken.

Het is gewoon iets dat gebeurt. Dat doen we nu eenmaal zo. Op de laatste zaterdag van de maand pak ik de bus en hobbel ik de stad door om bij mijn pa op bezoek te gaan.

Ik *moet* niet bij hem op bezoek. Het is geen wet of zo. Mijn ma en mijn pa zijn niet eens echt gescheiden. Ze wonen gewoon niet meer bij elkaar. Dat doen ze al zeven jaar niet meer.

Ik weet nog dat ma tegen pa zei: 'Waarom zouden we scheiden? Niemand die bij zijn volle verstand is, zou met jou willen trouwen en ik zou voor geen goud ter wereld hertrouwen. Laten we nou geen hopen geld verspillen. Ik blijf hier wonen met Finbar en jij gaat bij je vader wonen. En daar laten we het bij. Goed?'

'Maar–' zei pa.

'Goed?'

'Goed.'

En zo gebeurde het.

Dus, nu zit ik hier uit een soort van gewoonte, bij mijn pa, me dood te vervelen. Ik vraag me af hoe lang ik dit nog volhoud. Ik *hoef* hier niet te blijven. Ik kan weggaan wanneer ik wil. Ik zou nu zelfs kunnen weggaan.

Het probleem is, ik blijf *altijd* tot het avondmaal, en als ik nu vertrek, dan gaan ze vragen stellen.

Wat is er aan de hand, Finbar?

Waarom ga je al weg?

Waar ga je naartoe?

Ik wil geen vragen. Vragen leiden tot antwoorden, en antwoorden leiden tot leugens, en ik heb geen zin om leugens te verzinnen.

Maar ik wil niet blijven tot het avondmaal. We eten pas om vijf uur, en dat duurt nog bijna een uur. Ik moet naar de friettent en weer terug, de frieten serveren, wachten tot iedereen klaar is, thee zetten, *nog* een kop thee zetten... en dan zal het al bijna zes uur zijn.

Zes uur...?

Geen denken aan, denk ik bij mezelf, *het duurt nog twee uur voor het zes uur is. Nog twee uur deze ellende? Alsjeblieft niet! Ik kan hier niet nog twee uur zitten. Als ik hier nog twee uur zit–*

En dan–

KNAL!

'Wat was dat?' vraag pa. Hij kijkt naar de deur.

'Achterdeur,' zeg ik, terwijl ik opsta. 'Ik denk–'

KLAP!

Het geluid van de achterdeur die dichtklapt –

KLIK – KLIK

– en van iemand die hem op slot doet.

Pa kijkt naar opa. 'Verwacht je iemand?'

Opa schudt zijn hoofd.

En nu kijken we allemaal naar de deur. We spitsen

onze oren naar het geluid van voetstappen die de kamer doorlopen en naar ons toe komen, naar de voorkamer. De tijd lijkt bevroren. Niemand verroert zich. Niemand zegt iets. Er is geen tijd. Het geluid van de voetstappen is het enige wat er is – *klak, klak, klak...*

Het is waarschijnlijk niets... begin ik te denken.

Dan komt er een in het zwart gekleed iemand met een motorhelm op het hoofd de kamer binnengestormd en richt een pistool op mijn hoofd.

2

Mijn hoofd is een hol vat

'Jij!' roept de vreemdeling, en wijst met het pistool in mijn richting. 'Verroer je niet... blijf daar... houd je bek... ga zitten...'

'Huh?' is alles wat ik uit weet te brengen.

'GA *ZITTEN!*'

Ik ga zitten.

Overdonderd.

Verbluft.

En ik heb geen flauw idee wat ik moet doen.

De vreemdeling is helemaal in het zwart – zwarte leren broek, zwarte leren jas, zwarte leren laarzen en een zwarte motorhelm. De helm heeft een gekleurd vizier, dus kan ik niet zien wie erachter zit, maar de stem is vrouwelijk – dat weet ik zeker. Het is een vrouw... een meisje misschien. Groot is ze niet. Ongeveer net zo lang als ik. Slank maar goed gevormd, met kleine handen en kleine voeten –

'Waar kijk je naar?' bijt ze me toe.

'Euh... niets,' zeg ik. Ik kijk snel naar beneden.

Pa zegt tegen haar: 'Wat wil je? Wat doe je hier–?'

'Bek dicht en zitten blijven,' zegt ze tegen hem, en ze loopt langs het raam.

Als pa gaat zitten kijk ik op en zie het meisje door de kamer lopen. Een kleine zwarte rugzak veert licht op en neer op haar rug. Ze blijft staan naast het raam met haar rug tegen de wand. Dan trekt ze voorzichtig het gordijn opzij en kijkt naar buiten.

Een straal zonlicht snijdt door de donkere kamer en licht wolken rondzwevend stof op.

'We hebben geen geld,' zegt pa tegen haar.

Ze laat het gordijn terugvallen en richt het pistool op hem. 'Ik heb je gezegd dat je je bek moet houden. Is de voordeur op slot?'

Pa kijkt naar opa. Opa haalt zijn schouders op. Pa kijkt naar mij. Ik haal ook mijn schouders op.

Het meisje zegt tegen mij: 'Hoe heet je?'

'Wie – ik?' vraag ik stom.

'Ja – *jij*. Hoe *heet* je?'

'Finbar.'

'Goed, *Finbar*,' zegt ze. 'Controleer de voordeur. Zorg dat hij op slot is, met de grendel erop. En als je toch bezig bent, zet dan de tv af en doe alle ramen en gordijnen boven dicht.'

Ze staart naar me, een rond zwart helmhoofd, maar ik kan haar ogen niet zien. Ik staar terug, probeer door het vizier te kijken om haar gezicht te zien... maar dan stapt ze op me af en richt het pistool op mijn hoofd, en ik wil *niets* meer zien.

'Sta op,' zegt ze.

Ik sta op.

'Zet de tv af.'

Ik doe het.

Ze zwaait met het pistool naar de gangdeur. 'Voordeur, ramen, gordijnen, boven... aan de slag... NU!' Ik tril op mijn benen als ik me richting gang begeef. Mijn hoofd gonst van de angst. Het meisje richt het pistool op pa's hoofd en zegt tegen me: 'Als je niet binnen twee minuten terug bent, dan schiet ik hem een gat in zijn kop – oké?'

Ik knik en loop de gang op.

Dit heb ik nog nooit meegemaakt. Ik heb geen idee wat ik moet doen. Ik zou de voordeur open kunnen doen, naar buiten rennen en om hulp roepen, maar dat is gevaarlijk. Dat meisje – wie ze ook is, *misschien* schiet ze pa niet dood... *misschien* doet ze maar alsof – maar wie weet?

Misschien is ze wel gek. Misschien schiet ze hem wel zomaar dood. Misschien vindt ze het wel *leuk* om mensen dood te schieten.

Speel maar op veilig, zeg ik tegen mezelf.

Dus doe ik de voordeur op slot en de grendel erop. Dan ren ik naar boven en kijk snel of alle ramen dicht zijn. Dat weet ik al. Niemand heeft ze in jaren opengezet – maar ik kijk toch. Dan doe ik de gordijnen dicht. Dan wacht ik even.

Ik probeer te bedenken of ik iets kan doen... iets slims of handigs... maar mijn hoofd is een hol vat. Ik kan niets bedenken. Dus ren ik naar beneden en loop terug naar de voorkamer.

Niemand heeft zich bewogen. Pa, opa en Oupa zitten nog steeds, en het meisje in het zwart staat nog steeds achter hen. Pa kijkt verdwaasd en een beetje bang. Maar opa lijkt heel rustig. Hij kijkt hard en kil – alsof hij nadenkt. Aan de andere kant van de kamer ziet Oupa eruit als altijd – smoezelig en in een andere wereld. Het meisje houdt haar pistool nog steeds op hen gericht, en ze heeft nog steeds haar helm op, maar ze heeft de rugzak afgedaan en op tafel gezet.

'Ga zitten,' gebiedt ze me, en ze wijst op de stoel.

Ik loop de kamer door. Waarom wijst ze? Alsof ik

nog ergens anders kan gaan zitten. Ik ga toch niet op de vloer zitten? Maar ik zeg niets. Ik houd mijn mond en ga zitten.

Het meisje vraagt me: 'Heb je iets gezien?'

'Hoe bedoel je?' vraag ik.

'Heb je iets *gezien?*'

'Waar?'

'Buiten... Op straat. Stond daar iemand?'

'Wie dan?'

'*Iemand*, maakt niet uit,' zegt ze bits. 'Wat is er *mis* met jou? Zo moeilijk is het toch niet?' Ze haalt diep adem, wordt wat rustiger en vraagt me dan nog een keer. 'Toen je bij het raam stond... heb je toen iemand buiten zien staan?'

Ik schud mijn hoofd. 'Heb ik niet naar gekeken.'

'Goed,' zegt ze. 'Oké...'

Ik kan haar niet zien vanwaar ik zit. En zelfs als ik dat wel kon, dan kon ik haar gezicht nog niet zien, maar ik krijg het gevoel dat ze niet goed weet wat ze nu moet doen. Haar stem is onvast. Ze klinkt alsof ze in paniek is.

'Luister eens,' zegt pa tegen haar, 'waarom pak je niet wat je hebben wilt? We doen je niets. Dat beloof ik je. We bellen de politie niet–'

'Houd je bek,' zegt ze fel.

Hij houdt zijn bek niet. Hij zegt: 'We hebben geen geld, maar Oupa heeft nog wat oude oorlogsmedailles en—'

'Houd je nou JE BEK!' schreeuwt het meisje. 'Ik hoef je klereoorlogsmedailles niet, allejezus. Mijn God... ik wil niets hebben uit dit huis, al kreeg ik er geld bij. Heb je hier wel eens goed rondgekeken?' Ze zwaait haar pistool rond. 'Christus, het stinkt hier. Het stinkt hier alsof er iemand aan het wegrotten is.' Ze keert zich naar pa. 'Ik *wil* niets – goed? Ik wil alleen dat jullie je bek houden en me laten nadenken.'

Het wordt stil in de kamer. Heel stil. Het wordt zo stil dat ik het zwakke tikken van de klok op de schoorsteenmantel kan horen, het ratelen van de radertjes en veertjes... en ik kan het meisje achter ons heen en weer horen lopen... en van de andere kant van de kamer kan ik Oupa's trage, zware ademhaling horen.

En dan besef ik dat het niet alleen binnen stil is... het is buiten ook stil. De kinderen zijn opgehouden met spelen. Er zijn geen verkeersgeluiden, geen muziek, geen ijscokarretjes... er is helemaal geen geluid.

'Ze is op de vlucht,' zegt opa zachtjes.

'Wat?' zegt pa.

'Ze is–'

'Hé,' zegt het meisje, 'wat zei je daar?'

Opa draait zich om en kijkt haar aan. 'Je bent op de vlucht, hè? Je hebt iets uitgehaald.' Hij kijkt naar de rugzak op de tafel. 'Wat zit daarin?'

'Draai je om,' zegt ze tegen hem. 'Houd–'

'Geld?' zegt hij. 'Zit er geld in? Je hebt iets overvallen, hè? Je hebt iets overvallen en er is iets fout gelopen en nu ben je–'

'Zeg ouwe,' zegt ze kil, 'als jij je bek niet houdt en je nu omdraait, dan haal ik de trekker over en ga ik de wand opsieren met jouw hersenen. Snap je?'

Eén moment is het stil, dan zie ik uit mijn ooghoek dat opa zich omdraait met een veelbetekende grijns op zijn gezicht. Hij stoot pa aan met zijn elleboog. Als pa hem aankijkt geeft opa hem een knipoog. Hij wrijft met zijn duim over zijn vingers, en zegt zonder geluid te maken – *geld, geld, geld...*

Een paar seconden lang snap ik er niets van. Ik begrijp niet wat hij bedoelt. En dan, ineens, snap ik het. Geld – hij wil haar geld. Ik kijk naar hem. Ik hoop dat ik het mis heb, maar ik kan aan de blik op zijn gezicht zien dat het zo is. Die stomme oude man wil haar geld. Kun je je dat *voorstellen?* Daar zit hij, tegenover een meisje met een pistool, en het enige waar hij aan kan denken is haar geld…

Het is *idioot*.

Hij weet niet eens of ze wel geld *heeft*. Er kan van alles in die rugzak zitten – bibliotheekboeken, vuile was, boterhammen, boodschappen. Hij gokt maar dat ze een misdadigster is. Hij *weet* helemaal niet of ze op de vlucht is voor de politie. Dat ze nou toevallig een pistool bij zich heeft wil nog niet –

'ALICE MAY!'

Een metalige stem weergalmt door de stilte.

'ALICE MAY!'

Een megafoon, van buiten op straat.

'DIT IS DE POLITIE. WE WETEN DAT JE DAAR BINNEN BENT, ALICE! GEEF JE OVER. KOM HET HUIS UIT MET JE HANDEN BOVEN JE HOOFD.'

3

Een prachtkop

Wanneer het geluid van de megafoonstem wegsterft valt er een vreemde stilte.

Op de een of andere manier lijkt alles stiller dan stil. De stilte is zwaar en log. Ze hangt in de lucht te wachten, als een onzichtbare wolk...

Dan zegt het meisje 'Gotver!' – en verbreekt de betovering. We draaien ons allemaal om en kijken naar haar.

'Zie je wel,' zegt opa. 'Ik heb het je toch gezegd? Ik *zei* toch dat ze op de vlucht was–'

'Houd je bek,' spuugt ze. Dan slaat ze op tafel met haar vuist – *bong, bong, bong* – en vloekt nog eens. 'Gotverdegotverde*GOTVER*... hoe zijn ze achter mijn naam gekomen?'

'Door de motor, denk ik,' zegt opa.

'Wat?'

'Je bent toch op de motor, niet?'

'*Wat?*'

'Heel eenvoudig – je hebt een overval gepleegd en bent gevlucht op de motor. Waarschijnlijk heeft iemand het nummerbord doorgegeven–'

'*Het nummerbord doorgegeven?*'

'–de politie gebeld en die het nummer gegeven. De politie heeft dat nagetrokken in de computer... hebben je naam gevonden... Alice May.'

Het meisje – Alice May – staart hem aan. Ze heeft nog steeds haar helm op. Je kan haar gezicht niet zien, dus het is net of er een buitenaards wezen naar je staart. Dan loopt ze op opa af, heel langzaam, met het pistool in de aanslag.

Een ogenblik denk ik: *Ze gaat hem vermoorden, ze zet het pistool tegen zijn hoofd en ze vermoordt hem.*

Maar dat doet ze niet.

Ze staat stil... staat even stil terwijl ze nog steeds naar opa kijkt... en dan beweegt ze haar hand omhoog en zet de helm af.

Ze heeft een prachtkop, bleek en teer. Het lijkt wel het hoofd van een porseleinen pop. Haar mond is klein, met kleine witte tanden, en haar ogen zijn smaragdgroen.

Ik staar naar haar – mijn ogen vallen bijna uit hun kassen – en ze trekt haar handschoenen uit en gaat met haar hand naar haar achterhoofd. Ze maakt een bandje los en schudt haar hoofd heen en weer. Ik kijk met open mond toe als er een golf rood haar over haar schouders valt – rood en glanzend en volmaakt sluik.

'Ik heb die motor gestolen, ouwe gek,' bijt ze opa toe. 'Denk je dat ik mijn eigen motor voor een overval zou gebruiken?'

Opa haalt zijn schouders op.

Ze zegt: 'En bovendien heb je daar geen donder mee te maken.'

'Ik probeer alleen maar te helpen,' zegt hij tegen haar. 'Wat heb je overvallen? Het postkantoor? Die hebben niet veel liggen op zaterdag–'

De megafoonstem valt hem in de rede.

'ALICE,' roept die, 'HET HUIS IS OMSINGELD DOOR GEWAPENDE POLITIE... ER IS GEEN UIT-WEG... GEEF JEZELF OVER... LATEN WE HIER EEN EIND AAN MAKEN VOOR HET TE LAAT IS...'

Alice sluit een moment haar ogen, ademt dan fel uit en opent ze weer. Ze staart naar het raam.

Ik wil het niet toegeven, maar ik kan mijn ogen niet van haar afhouden. Zelfs met al die toestanden kan ik mijn ogen niet van haar afhouden. Ik bedoel... ze is fantastisch. Zacht en glad en volmaakt. Ze ziet eruit als een filmster, een model, of een meisje van een tv-reclame.

'Hé – Finbar,' zegt ze plotseling. 'Kun je even ophouden met naar me te *lonken?*'

Ik bloos en kijk de andere kant op.

'Jezus,' zegt ze tegen zichzelf, '*net* wat ik nodig heb...'

Ik kijk op. Ik probeer gekwetst te kijken, alsof ik zeggen wil – hoe durf je mij ervan te beschuldigen dat ik naar je zit te lonken... maar ze is me alweer vergeten. Op dit ogenblik, nu ze naar het raam loopt, dicht langs de muur, denkt ze helemaal niet aan mij. En dat vind ik prima.

Ze staat met haar rug tegen de muur en ze schuift de rand van het gordijn opzij met haar pistool. Ze werpt snel een blik naar buiten. Bijna direct trekt ze haar hoofd weer terug.

'Verdomme,' zegt ze bij zichzelf.

Pa zegt: 'Ze hebben de achterkant van het huis ook omsingeld... je kunt je beter overgeven.'

'Vind je?' zegt ze terwijl ze de rits van haar jas open-trekt en naar hem kijkt. Onder de jas draagt ze een kort zwart vest. Ik kan een zilveren knopje zien glimmen in haar navel. Voor ze me weer ziet lonken kijk ik van haar weg, naar de vloer.

Pa zegt tegen haar: 'Je weet toch wel dat ze gelijk hebben? Er is geen uitweg... zelfs als je weg zou weten te komen weet de politie wie je bent, dus zullen ze ook wel weten waar je woont.' Hij veegt zijn neus af aan zijn mouw. 'Ons hier vasthouden zal je niet helpen. Daar maak je het alleen maar erger mee voor jezelf—'

'Ik zal het eens erger maken voor *jou* als je je bek niet houdt,' zegt ze.

'Doe niet zo dom—'

'Noem *mij* niet dom—'

'Rustig,' zegt opa. Hij houdt zijn hand op om de boel te kalmeren. 'Dit is allemaal niet nodig,' zegt opa. Hij kijkt naar pa en dan naar Alice. 'Laten we rustig blijven en erover praten. Ik weet zeker dat we—'

Dan gaat de telefoon.

We kijken er allemaal een paar seconden naar – *tiedeliedeliep, tiedeliedeliep... tiedeliedeliep, tiedeliedeliep... tiedeliedeliep, tiedeliedeliep.*

Niemand weet wat hij moet doen. Ik zou niet weten of dat komt door al die toestanden of omdat de telefoon *nooit* gaat in dit huis – niemand van ons heeft hem ooit eerder horen overgaan.

Nadat hij eerst naar pa, dan naar Alice en dan naar mij heeft gekeken – en van niemand enige hulp heeft gekregen – pakt opa de telefoon op.

'Met Black,' zegt hij langzaam. 'Ja... ja, dat klopt.' Hij kijkt snel naar het raam, likt dan over zijn lippen, kijkt naar Alice, dan naar de grond. Zijn stem wordt zachter. 'Ja ja,' zegt hij in de telefoon. 'Ja ja... ja... goed... oké... wie – ik?' Hij kijkt weer naar Alice. 'Ronald Black,' zegt hij. 'Ja... dat klopt. Wat... hier binnen, bedoelt u? Nou, mijn zoon–'

Op dat moment stapt Alice naar hem toe en pakt de telefoon van hem af.

'Wie is daar?' vraagt ze boos in de telefoon. 'Ja? Misschien... wat is *jouw* naam? Ja? Nee... wacht eens... luister *jij* eens. Luister jij eens naar *mij* – dan zal ik jou vertellen wat er gaat gebeuren. Je gaat iedereen van dit huis weghouden, *dat* gaat er gebeuren. Want als ik ook maar *iets* zie, agenten, wie dan ook... als ik ook maar *iets* hoor... als ik ook maar het *gevoel* krijg dat er iets fout zit... dan begin ik te schieten – begrepen? Ik maak geen grapjes... één verkeerde beweging en dit huis wordt een grafkelder – Oké? Goed... goed... ja, dat klopt. Nee... NEE!... Ik vertel je wel wat ik wil als ik klaar ben – goed? Blijf uit mijn buurt... blijf uit de buurt, dan blijft iedereen in leven.'

Ze gooit de telefoon op de haak. Haar gezicht is bleek en ze hijgt.

Niemand zegt wat. Niemand beweegt. Het huis staat strak van de spanning, stilte maakt de lucht zwaar.

Ik weet niet hoe het is met de anderen, maar ik begin te begrijpen dat het menens is.

Dat wist ik natuurlijk al, maar nu raakt de schok uitgewerkt en ik begin te zien wat er aan de hand is...

En dat ziet er niet goed uit.

We zijn gijzelaars.

We zitten gevangen in dit huis met iemand die bang is en een pistool heeft. Ze heeft net gezegd dat ze ons misschien wel allemaal neerschiet.

We zijn omsingeld door gewapende politie.

Nee, nee... het ziet er helemaal niet goed uit.

Maar je weet wat ze zeggen – net op het moment dat je denkt dat het niet erger kan worden, wordt het erger.

Het begint met Oupa.

We zitten allemaal – behalve Alice, die staat – en we wachten op wat er gebeuren gaat, als Oupa begint te grommen en te kreunen en uit zijn stoel probeert te komen.

'Hé,' zegt Alice, die haar pistool op hem richt. 'Hé, jij daar... ga zitten... ik zeg, ga *zitten*.'

Oupa trekt zich er natuurlijk niets van aan. Hij is stokdoof, en als dat niet zo was, denk ik niet dat hij zou begrijpen wat ze zegt. Dus hij wurmt zich nog wat verder uit zijn stoel, hij kreunt en waggelt als een mager oud monster in een gebreid vestje.

Alice wordt steeds kwader. Ze kijkt een ogenblik naar hem, en loopt dan naar hem toe. Ze richt haar pistool op zijn hoofd.

'Ik heb je toch gezegd,' gromt ze. 'Ik heb je toch gezegd...'

Maar terwijl ze dichter bij hem komt en ziet hoe oud en krakkemikkig Oupa is, lijkt haar woede te verdwijnen. Ze loopt langzamer, ze laat haar pistool zakken, en ze lijkt minder zeker van haar zaak.

'Wat doet hij?' zegt ze bezorgd. 'Zorg dat hij gaat zitten...'

'Het is goed,' zegt pa tegen haar. 'Hij is niets van plan. Hij moet gewoon naar de wc.'

'Nou, dat kan niet,' zegt Alice met haar blik op Oupa, die nog steeds bezig is overeind te komen. 'Zeg hem dat hij gaat zitten.'

'Je kunt hem maar beter laten gaan,' gniffelt opa, 'tenzij je liever vergast wordt.'

Alice kijkt woest om naar opa. 'Denk je dat dit grappig is?' Dan kijkt ze weer terug naar Oupa. 'Wat is er mis met hem?' zegt ze.

'Hij is oud,' zegt pa tegen haar.

'Hij is al jaren oud,' vervolgt opa. 'Hij is al zo lang oud dat zijn hersenen het begeven hebben. Het grootste deel van de tijd kan hij zich niet beheersen.' Oupa laat een scheetje. 'Zie je wel?' grijnst opa. 'Luister, ik kan hem beter even naar de wc brengen–'

'Nee,' zegt Alice, en keert zich om. 'Niemand komt deze kamer uit.'

'Maar hij moet,' zegt opa. 'Kijk hem eens. Als je hem niet snel naar boven laat gaan, dan doet hij het in zijn broek. Dat wil je toch ook niet?'

Alice weet niet wat ze wil. Ze kijkt naar opa, fronst haar neus en kijkt naar Oupa. Hij staat nu overeind, maar krom, en hij friemelt met de gulp van zijn broek.

'*Alsjeblieft*,' zegt opa. 'Laat me hem naar de wc brengen. Ik zal niets doen. Ik zal niet proberen te ontsnappen of zoiets. Ik beloof het. Ik breng hem gewoon naar de wc, wacht tot hij klaar is, en dan breng ik hem weer naar beneden. Vertrouw me nou – ik ga mijn eigen familie toch niet in de steek laten?'

Ik en pa kijken werpen elkaar een korte blik toe.

We weten allebei dat opa *heel goed* in staat is om zijn eigen familie in de steek te laten. Dat heeft hij al een keer gedaan, dertig jaar geleden, toen pa nog een jochie was. Hij zou er geen problemen mee hebben om het weer te doen.

Ten slotte zegt Alice: 'Goed dan. Neem hem mee naar boven... maar vlug een beetje. En als je niet terug komt, of als je iets stoms uithaalt,' en ze richt het pistool op mij, 'dan schiet ik deze jongen het eerst neer – begrepen?'

Opa knikt, staat op, loopt naar Oupa en begint hem de kamer uit te helpen.

Als ze de kamer uitschuifelen vraag ik me af of ik hen ooit nog terug zal zien.

4

James Bond

Nu zijn we nog maar met z'n drieën – ik en pa zitten, en Alice staat achter ons. Ik kijk naar pa. Hij kijkt nergens naar, zonder met zijn ogen te knipperen, met zijn handen bewegingsloos op zijn schoot. Denkt hij eigenlijk wel ergens aan?

Ik denk nog steeds aan opa en ik vraag me af wat hij uitvreet. Ik weet dat hij *iets* van plan is, want hij brengt Oupa *nooit* naar de wc. Eigenlijk doet hij nooit iets voor Oupa, bedenk ik me nu. Hij moet iets van plan zijn, en als dat niet lukt moet ik ervoor boeten.

Pang, pang – dag, Finbar...

Dan hoor ik pa zeggen: 'Waarom ga je niet even zitten. Probeer wat te ontspannen...'

'Rustig?' zegt Alice. 'Wil je dat ik me *ontspan?*'

Pa haalt zijn schouders op. 'Waarom niet. Het kan toch geen kwaad. De politie gaat voorlopig niets ondernemen. Die heeft geen haast.'

Alice geeft geen antwoord. In plaats daarvan loopt ze achter ons langs – heen en weer, heen en weer, heen en weer...

'Je verslijt het tapijt,' zegt pa tegen haar.

Alice houdt stil.

Ze zegt: 'Kun jij *nooit* eens je bek houden?'

Pa grijnst. 'Het was de Co-op, hè?'

'Wat?' zegt Alice.

'De Co-op... je hebt de supermarkt overvallen.'

Ze loopt om de bank heen en gaat voor hem staan. 'Hoe weet je dat?'

Pa grijnst weer. 'Je hebt daar gewerkt – bij de kassa.'

Ze staart hem aan. Ze weet niet wat ze moet zeggen.

Hij zegt: 'Je had toen ander haar, maar ik herinner me je nog wel. Je reed op een motor. Die zette je altijd achter de winkel neer. Ik heb je daar al een paar maanden niet gezien, dus ik denk dat je er weg bent, of dat je er weg bent gestuurd...'

Ja, denk ik bij mezelf, ja... ik herinner me haar nu ook. Ze had kort blond haar, dat achter een beetje krulde, en ze had altijd veel make-up op, en ze lachte bijna nooit en zei nooit hallo en ze hielp je nooit je boodschappen in te laden...

'Daarom weten ze wie je bent,' zegt pa tegen haar. 'Iemand van het personeel zal je wel hebben herkend.'

Alice schudt haar hoofd. 'Hoe dan? Ik had dit hele pak aan. Niemand kon mijn gezicht zien, ik had handschoenen aan, een andere motor...'

Pa haalt zijn schouders op. 'Er zijn veel manieren om te weten wie mensen zijn – hun manier van lopen, hun stem, hun gestalte...' Hij kijkt haar aan. 'Je kunt niet alles verbergen.'

Ze kijkt naar pa en een ogenblik denk ik dat ze hem gaat slaan. Maar dan is opa er ineens, in de deuropening, en we keren ons naar hem toe – en de moed zinkt me in de schoenen.

Hij staat daar met een pistool in zijn hand.

Ik kan het niet geloven. Ik knipper met mijn ogen en kijk nog eens, om zeker te zijn dat ik niet droom – en ik droom niet. Hij staat daar als een soort superagent – benen wijd, armen naar voren gestrekt, beide handen om het pistool, dat hij richt op Alices hoofd.

'Laat vallen,' zegt hij tegen haar. 'Laat dat pistool vallen, nu.'

Ze kijkt alleen maar naar hem.

En pa ook.

En ik ook.

Ik weet zeker dat we allemaal hetzelfde denken – wat denkt hij *in godsnaam* dat hij aan het doen is? Hij zorgt nog dat we allemaal omvergeschoten worden. Denkt die kerel soms dat hij *James Bond* is?

Er valt een lange stilte. Ik blijf kijken naar het pistool in opa's hand. Het is Oupa's oude legerpistool. Hij bewaart het met een hoop andere rommel op zijn kamer. Het is een enorm oud pistool met een hele lange loop... roestig, zwart en waardeloos. Oupa heeft het me een keer laten zien... ik kon het nauwelijks optillen – het weegt een ton.

Maar opa kan er kennelijk wel mee omgaan. Hij richt strak op Alices hoofd terwijl hij een paar stappen naar voren zet en de kamer binnenloopt.

'Ben je soms *doof?*' zegt hij tegen haar. 'Ik zeg toch – laat dat pistool vallen.'

Ze verroert geen vin. Ze laat het pistool niet vallen. Ze blijft opa gewoon aankijken.

'Dit is idioot,' zegt ze zacht. 'Je gaat mij niet neerschieten.'

'Nee?' zegt opa, en komt nog dichterbij.

Ze tilt langzaam haar pistool op. 'Nee.'

Nu staan ze daar met z'n tweeën. Ze houden allebei hun pistolen op elkaar gericht, ze wachten allebei tot de ander iets zegt.

Opa spreekt eerst. 'Hoeveel heb je meegenomen?'

'Dat gaat je niet aan,' antwoordt Alice.

Opa grijnst. 'O, dat denk ik wel.' Hij spant de haan van het pistool. 'Dit zorgt dat het mij aangaat. Kom op, hoeveel heb je gestolen?'

'Niet genoeg voor jou,' zegt ze.

'Hoeveel?'

Ze kijkt hem in de ogen. Ze zegt een ogenblik niets. Dan haalt ze diep adem en blaast weer uit. 'Wat ik bij me heb is van mij,' zegt ze. 'Ik heb het nodig... mijn *dochter* heeft het nodig.'

'Je *dochter?*' snuift opa. 'Wat heeft je dochter ermee te maken?'

'Alles.' Alices stem begint te trillen, 'ze heeft er *alles* mee te maken... ze is de *reden* waarom ik het heb gedaan, in godsnaam.' Ze veegt kwaad een traan uit haar ogen. 'Ze is ziek, snap je? Ze moet geopereerd worden... maar ze kunnen niet... ik moet het geld hebben om te betalen voor...' Haar lippen beginnen te beven en haar stem sterft weg. De tranen rollen over haar gezicht. Ze wist ze af, haalt nog eens diep adem en probeert zichzelf onder controle te krijgen.

'Ach, wat heeft het voor zin?' zegt ze ten slotte. 'Je begrijpt het toch niet... je bent een *man*... jullie begrijpen het allemaal niet.'

Opa blijft staan waar hij staat. Hij zegt niets, hij laat zijn pistool niet zakken.

Ik kan zien dat hij erover nadenkt, dat hij probeert te bedenken wat hij moet doen. Ik denk niet dat Alices dochter hem iets kan schelen – er is niemand die hem iets kan schelen – maar ik denk dat Alices tranen hem in de war hebben gebracht. Alice heeft gelijk – hij begrijpt het *niet*. Maar ik denk niet dat dat hem iets kan schelen.

Dus zonder na te denken doe ik mijn mond open en zeg: 'Dat pistool is niet geladen.'

Pa draait met een ruk zijn hoofd naar mij om. Ik kan voelen dat hij me aankijkt, maar Alice en opa bewegen niet. Ze blijven staan zoals ze stonden, kijken elkaar recht aan. Dan – zonder te bewegen – zegt Alice tegen mij: 'Wat zei je?'

'Opa's pistool,' zeg ik tegen haar, 'het is niet geladen.'

'Houd je bek, kleine–' begint opa.

'Weet je dat zeker?' vraagt Alice.

'Geen woord meer,' gromt opa. 'Heb het hart niet–'

'Het is het oude legerpistool van Oupa,' leg ik uit. 'Er zijn geen kogels meer–'

'Hij liegt,' zegt opa. 'Hij weet niet–'

'Het magazijn is in elk geval helemaal verroest,' zeg ik. 'Vol met rotzooi en viezigheid. Zelfs als je wel kogels had zou je die er nog niet in kunnen laden.'

'Klopt dat?' zegt Alice, die op opa afloopt.

Het pistool begint te trillen in zijn handen. 'Kom niet dichterbij,' zegt hij tegen haar. 'Blijf waar je bent... ik waarschuw je...'

'Kom op dan,' zegt ze. 'Schiet maar. Laat maar eens zien of dat pistool geladen is.' Ze steekt haar hoofd naar voren alsof het een doelwit is. 'Kom op dan – schiet me dan neer.'

Opa's vinger beweegt op de trekker, en hoewel ik *weet* dat het pistool niet geladen is ben ik doodsbang. Stel dat ik het fout heb. Stel dat het *wel* geladen is. *Alles* is mogelijk...

En dan, net als ik op de *knal* van het schot zit te wachten, komt er een glimlach op opa's gezicht en begint hij te lachen.

5

Zwarte hitte en dood

Ik heb altijd geweten dat opa gek was, maar ik wist niet dat hij *zo* gek was. Alice heeft haar pistool recht op zijn hoofd gericht en hij staat daar maar. Hij lacht als een idioot. Ik heb hem nog nooit zo zien lachen, en het voelt raar, een beetje angstaanjagend. Alice weet niet goed wat ze moet doen. Ze staat maar wat naar hem te kijken. Ik kan haar niets verwijten. Ik zou ook niet weten wat ik moest doen.

'Goed,' zegt ze tegen hem. 'Goed... dat is genoeg. Houd je bek en leg dat pistool neer.'

Opa kijkt naar het pistool in zijn hand, alsof hij niet goed weet wat het daar doet. Dan begint hij weer te lachen, nog harder dan de eerste keer.

Alice zegt: 'Wat nou? Wat is er zo *grappig?*'

'Niets,' brengt opa tussen twee lachsalvo's uit, 'helemaal niets...'

'O ja? Hoe komt het dan dat je bijna in je broek plast van het lachen?'

Om de een of andere reden vind opa dat pas *echt* grappig, en hij laat zich helemaal gaan, hij hikt en hij kakelt tot zijn gezicht zo rood ziet dat het op springen lijkt te staan. Oupa's pistool hangt nog steeds aan zijn hand, en Alice houdt het angstvallig in de gaten. Haar ogen worden nu kil – ze is het wachten zat.

'Ik zeg het je niet nog eens,' zegt ze dreigend. 'Leg... dat pistool... *neer*.'

'Wat – dit?' lacht opa, en zwaait het pistool voor haar ogen heen en weer. 'Wil je dat ik dit neerleg? Waarom? Wat ga je eraan doen als ik het *niet* neerleg? Wat ga je doen, mevrouw *May?* Me neerschieten? Me *doodschieten?* Ik denk het niet–'

Een plotselinge droge *KLAK!* splijt de lucht, en opa's woorden gaan op in het oorverdovende geluid van een pistoolschot. Een rafelige echo laat de kamer bevriezen, en één ogenblik lang voel ik niets anders dan een pijnlijk nagalmen in mijn oren en een bittere lucht in mijn neus... een verschrikkelijke lucht van zwarte hitte en dood en verbrand kruit... Dan klaart mijn hoofd op – en ik zie dat Alice May haar pistool naar het plafond gericht houdt, en dat haar haar bedekt is met kleine stukjes pleisterkalk. Ik kan opa ook zien. Hij staat daar maar dom naar haar te staren, met verschrikte ogen en een doodsbleek gezicht.

Ik heb mijn adem de laatste 20 seconden ingehouden en het begint intussen pijn te doen, dus doe ik mijn mond open en laat alles gaan.

'Mijn God,' zegt pa tegen Alice. 'Waar was *dat* nou voor nodig?' Hij kijkt naar opa. 'Is alles in orde met je?'

Opa knikt zwijgend. Hij zegt geen woord.

Pa kijkt mij aan.

'Met mij is alles in orde,' zeg ik tegen hem.

Hij blijft me aankijken.

'Wat?' zeg ik.

'Rat die je er bent,' zegt hij gemeen.

'Wat bedoel je?'

'Je weet heel *goed* wat ik bedoel–'

'Oké,' zegt Alice. 'Zo is het genoeg. Niemand is gewond geraakt.' Ze keert zich naar opa. 'Ben je nu uitgelachen?'

Opa knikt weer.

'Geef hier dan,' zegt ze, en wijst naar zijn pistool.

Hij geeft het haar zonder een woord te zeggen.

Ze is net bezig het te onderzoeken, het open te maken en erin te kijken – als de telefoon weer gaat.

Pa neemt op, maar Alice grist de hoorn uit zijn handen.

'Ja?' zegt ze. Een moment stilte, en dan: 'Nee, dat was niets – alleen een waarschuwing. Nee, er is niemand gewond... ja, nou, dan zul je me gewoon moeten vertrouwen, hè? Nee... nee, ik heb gezegd dat ik zal laten weten wat ik wil als ik klaar ben... nee, ik ben nog *niet* klaar... weet ik niet... hoor eens... goed, geef me nog een uur... bel me terug over een uur... Als je eerder belt, dan schiet ik de volgende kogel niet in het plafond.'

Ze geeft de telefoon aan pa en zegt hem dat hij op moet hangen. Hij kijkt haar een ogenblik aan en doet dan wat hem gezegd wordt.

De volgende vijf minuten lijkt er niets te gebeuren. We blijven allemaal precies zo zitten of staan... we zeggen niets, we doen niets. We wachten en denken, denken en wachten, wachten en denken...

De kamer vervalt weer in zware stilte. Ik kan het zwakke tikken van de klok op de schoorsteenmantel horen, het ratelen van de radertjes en veertjes... Ik kan de stilte buiten op straat horen. Ik kan de stofwolken in het vale licht zien zweven...

En alles voelt vreemd.

Natuurlijk... logisch dat alles vreemd voelt, niet? Maar er is nog iets anders... iets anders dan de vreemdheid, en dat is wat ik voel. Ik *weet* niet wat ik voel. Ik kan het niet uitleggen. Maar het is een nieuw gevoel... een gevoel dat alles aan het veranderen is.

Alles – de lucht, het huis, de kamer... ik en pa, Alice en opa, de dingen die we allemaal willen, of *niet* willen, en de manier waarop we allemaal over elkaar denken.

Ik weet het niet... misschien ligt het aan mij.

Maar, kijk –

Daar zit Alice, aan tafel, te spelen met de gespen van haar rugzak. Waar denkt ze aan? Aan haar dochter? Aan de politie? Hoe ze hieruit moet zien te komen zonder neergeschoten te worden? Heeft ze een hekel aan me omdat ik naar haar zat te lonken? Of is ze blij dat ik haar verteld heb over Oupa's pistool?

Daar zitten pa en opa, samen onderuitgezakt op de bank, te kijken naar een leeg tv-scherm – pa is diep in gedachten, en opa probeert weer rustig te worden. Ik *weet* wat zij over mij denken. Dat kan ik wel raden uit de vuile blikken die ze me toewerpen. Ik ben een rat, een verrader. Ik heb de familie laten stikken.

Ik zit ertussenin, helemaal alleen. Ik weet niet bij

wie ik hoor, of aan wiens kant ik sta, of waarom of hoe of waar of wanneer of wat dan ook...

Het kan me niet schelen.

Ik wil hier gewoon weg.

Dit huis uit.

Naar huis.

6

Ze zijn het eens

Alles blijft nog vijf minuten stil, en dan schrikken we ons allemaal lam als we van boven ineens een geluid horen.

'Wat is dat?' sist Alice, die overeind springt.

'Dat is Oupa,' grijnst pa. 'Hij spoelt door.'

'Goh,' zegt Alice met een zucht. 'Ik was hem helemaal vergeten.'

'Dat is niet moeilijk met Oupa,' zegt opa.

Alice kijkt naar hem en ziet dat hij weer bijgekomen is. Hij is niet gek of bang meer, hij is gewoon opa.

'Hij is je vader,' zegt Alice.

'Nou?'

'Je zou wel eens een beetje respect voor hem mogen hebben.'

'Waarom?'

'Omdat hij je *vader* is... je bent zijn zoon.'

Opa haalt zijn schouders op. 'Ik heb niet gevraagd om geboren te worden.'

Alice doet haar mond open, maar ze kan niets verzinnen, dus schudt ze maar haar hoofd.

Opa grijnst naar haar. 'Laten we eens praten.'

'Ik praat niet met jou... er valt niets te bepraten.'

'Hoe zit het met je dochter?'

'Wat is er met mijn dochter?'

'Nou,' zegt opa, 'je kunt haar moeilijk helpen als je in de gevangenis zit, hè? Geen mama, geen geld, geen operatie, geen dochter–'

'Jezus,' spuugt Alice. 'Jij bent echt *walgelijk*, hè?'

'Misschien wel,' geeft opa toe. 'Maar ik heb wel gelijk. Kijk eens even, als je hier wegkomt, dan ga je zeker de gevangenis in. En dan is er geen geld en geen mama voor je dochter. Dan wordt ze opgenomen in een–'

'Nee!'

'–in het *beste* geval. In het slechtste geval... nou, daar willen we liever niet over nadenken, hè?' Hij zet zijn vinger tegen zijn hoofd en doet een pistoolschot na. 'Pief!' zegt hij. 'Gewapende overvalster, Alice May, moeder van een ziek kind, is bij een gijzeling neergeschoten door de politie...'

Alice staart hem aan.

Hij grijnst terug.

En ik denk bij mezelf – *nou, je moet toegeven dat er wat in zit. Het is even slikken, dat weet ik, maar er zit wat in.*

'Goed,' zegt Alice tegen hem. 'Wat bedoel je nou eigenlijk?'

Opa kijkt haar weer aan, hij heeft er plezier in. Dan zegt hij: 'Wil je hier wegkomen?'

'Stomme vraag,' antwoordt ze.

Hij kijkt haar aan.

'Ja,' zucht ze. 'Ja, ik wil hier wegkomen.'

'Goed dan,' zegt hij. 'Nou, wat is het je waard?'

'Wat is het me *waard?* Wat bedoel je?'

'Ik bedoel dit – wat is het je waard? Hoeveel wil je betalen om hier weg te komen. *Dat* bedoel ik.'

'Kun je me hieruit krijgen?'

'Misschien...'

'En de politie dan?'

'Ik kan je hieruit krijgen.'

'Hoe dan?'

Opa glimlacht alleen maar.

De volgende paar tellen kan ik de stilte voelen, een storm van gedachten die door de lucht trilt.

Opa zit te wachten, hij houdt zijn plannen verborgen.

Pa verraadt niets.

En Alice denkt na, denkt diep na.

Is het een valkuil?

Een list?

Een leugen?

Een spel?

Is het het risico waard?

Ik denk niet dat ze veel te verliezen heeft...

'Ja of nee?' zegt opa en kijkt op de klok. 'Het is aan jou, Alice. Bedenk wat je wilt. Maar schiet een beetje op... de politie wacht niet eeuwig.'

Alice kijkt hem aan. 'Hoeveel moet je hebben?'

Hij glimlacht. 'Hoeveel heb je?'

Haar ogen schieten naar de rugzak op tafel. 'Kijk eens,' zegt ze, 'het is niet veel–'

'Hoeveel?'

Ze veegt het zweet van haar voorhoofd en loopt dan naar de tafel toe. 'Doe een bod,' zegt ze.

Opa lacht. 'Wat denk je dat dit is – een autoverkoop?'

'Goed,' zegt Alice. '10 procent.'

'Waarvan?' vraagt pa.

Ze kijkt naar hem. 'Van wat ik heb.'

'De helft,' zegt pa.

'De helft? Nooit...'

'Voor minder doen we het niet,' zegt opa.

Ze haalt haar schouders op. 'Dan niet.'

'Dan heb je straks niets.'

'Jullie ook niet.'

Opa en pa kijken elkaar aan. Alice houdt hen in de gaten. Pa leunt voorover en fluistert opa iets in zijn oor. Opa luistert. Hij kijkt naar Alice en denkt diep na. Daarna kijkt hij naar pa. Dan knikt hij.

Pa zegt tegen Alice: '30 procent.'

'20,' zegt Alice.

'Elk?'

Nu kijkt Alice naar mij en – rund dat ik ben – ik lach naar haar. God mag weten waarom... ze zal toch vast niet op mijn glimlach zitten wachten, wel? Maar ze glimlacht terug – rustig en bedaard en *o zo* mooi – en ik voel dat mijn gezicht verbrandt. Ik bloos tot de puntjes van mijn oren...

Maar ik vind het niet erg.

Ik ben zo gelukkig.

En dan geeft ze me een knipoog, en mijn hart springt op. Ze keert zich naar pa en zegt: 'Wat bedoel je met *elk?*'

'20 procent voor mij, 20 procent voor hem,' zegt hij, en wijst op opa.

Alice knikt. 'En Finbar dan?'

'En Finbar dan?' Pa snuift, alsof ik hier niet bij hoor, alsof ik niets ben.

Alice haalt haar schouders op. 'Hij is je zoon... dus dacht ik–'

'Als je hem ook wat wilt geven, dan mag je dat doen,' zegt pa. 'Maar dan gaat het van jouw deel af, niet van dat van ons – goed?'

'Prima,' zegt Alice. 'Maar jullie krijgen niet elk 20 procent. Ik geef jullie samen een derde, en verder ga ik niet. Er wordt niet meer afgedongen. 33 procent. Mijn laatste bod.'

Pa en opa beginnen met elkaar te praten, te fluisteren en te mompelen als een stel gekken bij een quiz. Ik weet niet wat ik moet doen, of waar ik moet kijken. Ik schaam me dat ik naar Alice heb geglimlacht, maar ik schaam me ook voor pa. Ik ben hem wel gewend, dus doet het me niets als hij me als stront behandeld, maar als hij het doet waar andere mensen bij zijn... nou, dan voel ik me pas echt slecht. Niet voor mij, maar voor hem.

Ik zit naar de vloer te kijken en te luisteren naar het

gesmoezel van pa en opa, tot het fluisteren eindelijk
ophoudt, opa opkijkt en zegt: 'Goed dan, mevrouw
May, we zijn het eens.'

7

De kneep

Het valt niet mee de tijd in de gaten te houden als er rare dingen gebeuren.

De seconden en minuten versnellen nu eens, vertragen dan weer... versnellen, vertragen... sneller, trager... sneller, trager...

Op dit moment – nu pa en opa aan tafel hun plannen zitten te bespreken met Alice – voelt het alsof het al een maand geleden is dat Alice met de politie aan de telefoon zat en hen vertelde dat ze over een uur terug moesten bellen... maar tegelijk voelt het alsof het nog maar vijf minuten geleden was. Een maand, of vijf minuten?

Hierbinnen voelen ze op dit moment precies hetzelfde – een maand *is* vijf minuten, en vijf minuten *is* een maand. Ik *geloof* dat het telefoongesprek ongeveer een half uur geleden was, maar ik heb het contact met de werkelijkheid verloren.

Zoals ik al zei zitten pa en opa aan tafel hun plan te bespreken met Alice.

Vanwaar ik zit – nog steeds in de leunstoel – ziet het er vreemd uit. Alice zit aan de ene kant van de tafel, met haar rugzak op haar knie en het pistool in haar hand. Pa en opa zitten naast elkaar tegenover haar en houden alles wat ze doet in de gaten.

Ze houden haar in de gaten, zij houdt hen in de gaten... haar in de gaten... hen in de gaten.

Ze zijn geen van drieën op hun gemak. Ze weten niet wat ze met hun handen moeten doen en ze proberen alledrie rustig te blijven. Ze praten rustig, kil, houden het praktisch.

'Ik moet zekerheid hebben,' zegt Alice. 'Ik moet zeker weten dat jullie je aan jullie deel van het plan zullen houden. Ik geef jullie geen geld tot ik weet wat ik ervoor terugkrijg.'

'Kijk eens,' zegt opa, 'we hebben geen tijd voor gezeur–'

'Nou – vertel me dan maar hoe jullie me hier weg gaan krijgen.'

'Als we je dat vertellen, wat houdt je dan tegen om *al* het geld te houden?'

'Dat weet ik niet, snap je? Ik *weet* niet wat jullie

plannen zijn. Hoe kan ik proberen om jullie te belazeren als ik niet eens weet wat jullie gaan doen?'

'Hè?' zegt opa, en krabt op zijn hoofd.

'Jullie hoeven me niet alles te vertellen,' zegt Alice. 'Je hoeft me niet alle details te geven... geef me gewoon een idee van hoe ik hier wegkom. Als het goed klinkt, dan kunnen we het over het geld hebben.'

Opa kijkt naar pa om te zien wat hij vindt.

Pa knikt. 'Goed,' zegt hij na een tijdje. 'Vertel het haar maar. Maar verraadt nog niet alle details.'

Opa wacht even, hij bedenkt wat hij gaat zeggen en wat hij gaat verzwijgen. Dan richt hij zich tot Alice en begint het uit te leggen. 'Goed,' zegt hij, 'nou, we hebben een plek op zolder, een schuilplaats–'

'Is dat alles?' zegt Alice lachend. 'Een schuilplaats op zolder?'

'Nee,' zegt opa geïrriteerd, 'dat is niet *alles*. Als je me nou even uit laat praten...'

'Schiet dan eens op,' zegt Alice.

Opa zucht, schudt zijn hoofd en gaat verder. 'Oké, zoals ik al zei is er een schuilplaats op zolder, maar dat is op zich niet zo bijzonder. De kneep zit hem in de muren.'

'De muren?' zegt Alice.

'Ja,' zegt opa, en zijn ogen lichten op. 'Zie je, in dit soort oude straten werden de huizen gebouwd met een gemeenschappelijke zolder. De meeste daarvan zijn gesplitst, maar de muren die daarvoor zijn gebruikt zijn van gipsplaat, dus je hoeft er maar een flinke trap tegen te geven en je bent op de zolder van de buren.'

Hij haalt zijn neus op en krabt op zijn hoofd. 'Dus, we doen het zo... we nemen je mee naar de zolder en trappen een gat in de tussenmuur. Daar kun je door-kruipen naar de zolder hiernaast. Er zit een luik in de vloer daar. Dat maak je open, je laat de ladder zakken en – taratata! – je bent in het huis van de buren. Die zitten nu in Spanje, dus het huis is leeg. Maar dat maakt niet uit, want je gaat toch niet naar beneden. Je verstopt je in de schuilplaats.' Hij grijnst, hij is duide-lijk tevreden met zichzelf. 'Snap je? Snap je het nu ein-delijk?'

Alice haalt haar schouders op. 'Nee, niet echt...'

Opa fronst zijn voorhoofd en kijkt dan naar pa. 'Heb ik te veel verzwegen?'

'Nee, dat niet,' zegt pa. Hij kijkt Alice aan en zegt: 'Kijk eens, het is heel eenvoudig – als de politie belt, dan zeggen wij dat je naar de zolder bent gerend. Dan komen ze binnen, en als ze het gat in de muur zien, en het open luik bij de buren, en de ladder, dan denken ze dat je door het huis van de buren bent ontsnapt.'

Alice knikt. 'Terwijl ik nog verscholen zit op jullie zolder.'

'Precies,' zegt pa.

'En wat dan?'

'Dan,' zegt pa, 'blijft de politie nog even hangen, ze zoeken naar vingerafdrukken, stellen vragen, nemen verklaringen op, dat soort dingen – en uiteindelijk vertrekken ze weer.'

'En dan kom ik naar beneden,' zegt Alice.

'Juist.'

'En verdwijn in het duister.'

'Juist.'

Ze kijkt naar mij. Het is maar een korte blik, maar ik kan zien dat ze over het plan nadenkt, zich afvraagt of het zal werken. Het is alsof ze wil zeggen – *Wat denk jij ervan? Het klinkt wel goed, hè? Maar ik vertrouw die oude kerels niet... ik vertrouw ze voor geen cent...*

Misschien heb ik het mis. Misschien kijkt ze gewoon naar mij omdat haar blik op me valt. Alsof ik een lullige, oude foto ben...

Pa zegt tegen haar: 'Nou... wat denk je ervan?'

Ze kijkt weer naar hem. 'Die schuilplaats,' zegt ze.

'Hoe groot is die? Want ik zit wel een tijd vast, daarboven. Heb ik ruimte genoeg om adem te halen?'

'Het is groot genoeg,' zegt opa. 'Je kunt er staan, en een beetje bewegen. We geven je wat water mee. Je redt het wel daar.'

'Goed,' zegt Alice. 'Hoe doen we het met het geld?'

'Jij geeft ons ons aandeel vóór je naar boven gaat, en neemt de rest met je mee.'

'Geen denken aan.' Alice schudt haar hoofd. 'Denk je dat ik achterlijk ben? Als jullie je geld eenmaal hebben, dan vertellen jullie de politie waar ik zit–'

'Natuurlijk niet,' zegt pa. 'Als we hen zeggen waar je zit, dan vertel jij dat je ons het geld hebt gegeven, en dat wij je verstopt hebben, en dan worden wij ook gearresteerd.'

'Nee,' zegt Alice. 'Ik neem *al* het geld mee naar boven, en ik geef jullie je aandeel als de politie weg is.'

Opa lacht.

'Wat is er?' zegt Alice.

'Je hebt een *pistool*,' zegt hij tegen haar. 'Zodra de politie weg is, ga jij ons natuurlijk niets meer geven, wel? Je denkt toch zeker niet dat we je zomaar *vertrouwen?*'

Hij kijkt haar aan, met wijdopen ogen, en dan lacht

hij weer. Het klinkt niet zo krankzinnig als daarstraks, maar het klinkt nog steeds niet normaal. Pa lijkt er geen last van te hebben. Hij zit daar maar vaag naar Alice te kijken, terwijl opa aan het hikken en sputteren is. Alice doet haar best om zo normaal mogelijk te doen en blijft hem aankijken, zonder op opa's krankzinnige lach te letten.

Maar ten slotte kan ze er niet meer tegen. Ze leunt over tafel en plant het pistool tegen opa's hoofd.

'Stoppen.'

Opa houdt op met lachen – zomaar.

Het ene moment is hij de controle kwijt, zit hij als een gek te kakelen, en het volgende moment is hij weer volledig normaal.

'Als je het nog een keer doet,' zegt Alice tegen hem, 'dan kun je verder lachen in de hel.'

Hij knikt.

Ze zegt: 'We hebben niet veel tijd meer – laten we opschieten.'

De volgende tien minuten hebben ze het over het geld, ze proberen een manier te vinden om het te delen zonder dat iemand de kans heeft om vals te spelen. Alice stelt dit voor, pa stelt dat voor, en dan zegt opa weer iets anders... maar ze kunnen het nergens over eens worden en het wordt behoorlijk vervelend.

Na een tijdje luister ik niet meer. Mijn aandacht dwaalt af, ik dool door mijn eigen hoofd, laat mijn gedachten de vrije loop.

Gedachten zoals –

Ik heb honger.

Ik moet naar de wc.

Wat zou de politie nu doen?

Weten ze dat het huis van de buren leeg is?

Ik vraag me af hoe oud Alice is.

Ze ziet er niet oud uit... 17, misschien 18.

Ik vraag me af hoe oud haar dochter is.

Ik vraag me af of ze getrouwd is.

Ik vraag me af of ze het warm heeft in die zwarte leren broek.

Ik vraag me af...

Ik vraag me af...

Ik vraag me af...

8

Verzekering

'Kom mee,' zegt pa tegen mij. 'We hebben niet de hele dag de tijd.'

Ik kijk naar hem op. Hij staat recht voor me, met een stapeltje bankbiljetten in zijn hand. Zijn ogen staan hebberig en hij wil aan de slag.

'Kom *mee*,' zegt hij. 'We gaan.'

'Waar naartoe?' vraag ik.

Hij kijkt me aan alsof ik gek ben. 'Heb je dan helemaal niet *geluisterd?*'

'Nee,' zeg ik, terwijl ik om me heen kijk. Aan tafel staat Alice stapels bankbiljetten in haar rugzak te stouwen, die ze over haar schouder slingert. Vervolgens pakt ze haar helm op en een plastic colafles met water. Opa staat opzij, hij kijkt naar haar. Hij heeft ook geld in zijn handen.

Pa pakt mijn arm en trekt me overeind. 'We gaan,' zegt hij.

'Ja, maar–'

'Vooruit!' sist hij.

Dan voert hij me naar de gang en duwt me de trap op. Ik kijk om. Waarom komen Alice en opa achter ons aan?

'Wat–' wil ik nog zeggen.

'Jij gaat met haar naar de zolder. In de schuilplaats,' legt pa uit.

'Waarom?'

'Houd je bek en luister even, ja? Zij wil zekerheid – snap je. Ze heeft ons dit gegeven,' hij zwaait het geld voor mijn gezicht, 'en ze wil zeker zijn dat we de politie niet vertellen waar ze is. Jij bent haar verzekering.'

We zijn nu halverwege de trap en pa hijgt nogal. Ik weet niet of hij buiten adem is of gewoon opgewonden.

'Verzekering?' vraag ik

'Maak je geen zorgen,' zegt hij. 'Je moet alleen maar bij haar blijven tot de politie weg is. Er gebeurt niets.'

'Ja, maar ik begrijp het niet. Wat voor verzekering?'

'Een levensverzekering,' lacht opa. Ik keer me om en kijk hem aan. Hij loopt direct achter ons de trap op, en Alice loopt achter hem. Zijn zwakke lijf is gebogen en krakerig, hij hijgt nog harder dan pa, maar zijn ogen glanzen met een krankzinnig licht dat hem kracht geeft en mij doodsbang maakt.

Er verschijnt een wrede grijns om zijn mond, en hij zegt tegen me: 'Je vader zegt het al, je hoeft je nergens zorgen over te maken. Zolang wij ons aan ons deel van de afspraak houden doet ze je niets.' Hij kijkt om naar Alice. 'Zo is het toch, hè?' zegt hij. 'Je schiet hem toch alleen dood als we de politie vertellen waar je zit.'

Alice geeft geen antwoord. Ze kijkt niet naar mij.

Opa haalt zijn schouders op. 'Hé,' grijnst hij naar mij. 'Kijk me niet zo aan – je vader kwam met het idee.'

We zijn nu boven aan de trap. Pa staat direct naast mij op de overloop. Hij leunt tegen de muur om op adem te komen. Hij ruikt warm en zweterig. Ik weet niet zeker of ik wel naar hem wil kijken... maar ik moet wel. Ik moet weten hoe het zit.

'Pa?' vraag ik.

Hij weigert me aan te kijken.

'Klopt dat, pa? Was het *echt* jouw idee?'

Hij veegt het zweet van zijn gezicht en pakt mijn arm beet. 'Kom mee – we hebben geen tijd meer.'

'Nee,' zeg ik hem. 'Ik wil het *weten–*'

'Laat toch *zitten*,' bijt hij me toe terwijl hij me de overloop overduwt. 'Kom... schiet een beetje op.'

Hij duwt niet heel hard, maar ik raak toch uit evenwicht. Een moment barst ik van woede – ik ben witheet. Dan raakt mijn rug de muur en vind ik weer houvast. De hitte van mijn woede wordt plotseling ijskoud en het kan me niet meer schelen... ik wil het niet meer weten. Het kan me niet schelen.

'Ik moet naar de wc,' zeg ik tegen pa.

Hij is bezig de ladder van de zolder te pakken, hij trekt hem naar beneden. 'Ga dan maar,' zegt hij. 'En schiet een beetje op... we hebben niet de hele dag de tijd.'

Ik loop langzaam naar de wc, doe de deur open – en sta stil als ik Oupa daar zie. Hij staat daar met zijn broek op zijn enkels, naar de muur te staren.

'Alles in orde met je?' vraag ik hem terwijl ik hem op de schouder tik.

Hij draait zijn hoofd om en kijkt me aan, met doffe ogen en openhangende mond.

'Chips,' zegt hij.

'Ja,' zeg ik, 'weet ik.'

Ik trek zijn broek voor hem op en breng hem naar de overloop. Dan ga ik naar de wc. Als ik naar de muur staar voelt mijn hoofd leeg. Niets lijkt meer echt. Ik spoel door, was mijn handen en stap dan de overloop weer op. De zolderladder staat beneden en pa klimt naar boven.

'Waar wacht je nog op?' zegt opa, die aan de voet van de ladder staat. 'Naar boven jij!'

Ik kijk hem even aan en klim dan de ladder op naar de zolder. Het is een flinke ruimte, slecht verlicht door een enkele gloeilamp die van de balken hangt. Er ligt overal rommel opgestapeld – dozen, vuilniszakken, kapotte stoelen, stapels oude boeken en vergeelde tijdschriften. Alles zit onder het stof en het roet.

Alice staat bij een oude kleerkast die tegen de schoorsteen leunt. Pa trapt een gat in de muur naar de zolder van de buren. Het duurt niet lang. *Trap, trap, trap...* de gipsplaten breken, pa pakt een rand vast en trekt er een flink stuk uit. Hij maakt een gat in de muur dat groot genoeg is om doorheen te klimmen. Hij is er zo door, naar de zolder van de buren, bukt zich dan en opent langzaam het luik. *Als de politie daar beneden zit*, denk ik, *dan ben je er geweest.* Ik stel me een geweerschot voor, pa die achterover slaat, in zijn hoofd geschoten. Ik vraag me af hoe ik me zou voelen. Goed? Ellendig? Blij? Bedroefd?

Ik weet het niet... het maakt niet uit, want het gebeurt niet. Pa opent het luik, kijkt door het gat, laat hun ladder zakken en komt teruggekropen door het gat, naar onze zolder.

'Oké,' zegt hij, hij druipt van het zweet. 'Zijn jullie twee klaar?'

Zonder een woord te zeggen loop ik naar de klerenkast waar Alice bij staat. Het is een grote kast – hoog en breed met dubbele deuren. Ik ken hem nog van toen ik klein was. Ik weet niet meer waar hij vandaan kwam, maar ik weet wel dat ik er soms inkroop, de deuren dichtdeed en me schuilhield in het duister...

'Finbar,' zegt pa.

'Wat?'

'Wakker worden.'

Hij opent de deuren van de kast. Alice loopt eropaf en wil er al instappen, maar pa houdt haar tegen en stapt zelf naar binnen. Ik weet wat hij doet, maar Alice weet dat niet. Ze kijkt toe, probeert uit te vinden waar hij mee bezig is. Hij trekt aan een roestige schroef in de achterkant van de kast. De achterkant kraakt en gaat dan open, en de binnenkant van de schoorsteen komt vrij. Het lijkt een klein bakstenen kamertje – beroete stenen wanden, een smalle, stoffige, stenen vloer. Een zwakke zonnestraal schijnt door de schoorsteen omlaag.

Alice fluit zachtjes. 'Niet slecht,' zegt ze. 'Helemaal niet slecht.'

'Dacht ik ook,' zegt pa, die naar buiten stapt. 'Als jullie er eenmaal in zitten, gooi ik nog wat rotzooi in de kast, voor het geval de politie een blik naar binnen werpt. Maar ik denk niet dat ze dat doen. Zodra ze de zolder van de buren zien, zullen ze geen moeite meer doen om hier rond te neuzen. Jullie moeten hier maar in blijven tot ik jullie eruit laat, en je mond houden. Dat is alles. Houd je mond dicht, dan komt alles in orde. Begrepen?'

Alice knikt.

Ik doe niets.

'Goed dan,' zegt pa. 'Naar binnen dan.'

Alice kijkt me aan, stapt dan de kast in en door naar de schoorsteen. Als ze daar de boel staat te keuren, de wanden en de vloer bekijkt, en haar rode haar glanst in het schemerlicht, heb ik ineens een raar idee. Ik begrijp dat alles afhangt van wat ik nu doe – of ik wel of niet naar binnen ga. Als ik naar binnen ga, word ik iemand. Als ik blijf staan, word ik iemand anders. Het hangt van mij af. Naar binnen, of niet naar binnen. Andere keuze, ander toekomst, ander leven.

Ik denk dat het, als ik genoeg tijd en energie zou hebben, wel de moeite waard zou kunnen zijn daar eens over na te denken... maar ik heb niet genoeg tijd. Ik stap de kast in en ga bij Alice staan in de schoorsteen.

9

Met z'n tweeën

Nu zijn we nog maar met z'n tweeën – Alice zit aan de ene kant van het kleine stenen kamertje, en ik zit aan de andere kant. Het is klein, en de lucht is stoffig en bedompt. Door de zomerse hitte is het net of we in een oven zitten. Maar heel erg is het niet. We hebben ruimte genoeg om onze benen te strekken zonder dat we elkaar raken, en de hitte is draaglijk zolang we niet bewegen. Er is genoeg licht om te kunnen zien tegen wie we het hebben. Niet dat we veel zeggen. We hebben sinds pa vijf minuten geleden de deuren heeft dichtgedaan nog geen woord tegen elkaar gezegd. Alice is druk aan het luisteren. Ze luistert hoe pa de kast vult met rommel, en dan de deuren sluit, en dan de zolder afloopt, de ladder af, en naar beneden. Nu luistert ze of de telefoon al gaat... ze luistert scherp... met haar ogen dicht...

'Die hoor je niet vanaf hier,' zeg ik tegen haar.

Ze doet haar ogen open. 'Wat?'

'De telefoon – die hoor je niet vanaf hier.'

Ze kijkt me lang aan, kijkt dan een andere kant op en begint te schuiven – ze schuift heen en weer met haar achterste, ze strekt haar nek, ze beweegt haar benen – tot ze eindelijk rustig gaat zitten, met haar armen over haar opgetrokken knieën, en haar rug tegen de muur. De kleine zwarte rugzak ligt op de vloer tussen haar benen. Ze steekt haar hand erin, pakt de plastic fles en drinkt lang. Het water loopt uit haar mond, druipt langs haar kin, maakt haar vest nat. Ze biedt mij de fles aan. Ik schud mijn hoofd. Ze veegt haar mond af en zet de fles op de grond, pakt dan het pistool uit haar zak en legt het boven op de rugzak. Ten slotte trekt ze de rugzak naar zich toe. Ze leunt achterover en kijkt me aan.

'Zo,' zegt ze. 'Wat denk jij ervan, Finbar?'

'Waarvan?'

'Hiervan,' zegt ze, terwijl ze om zich heen kijkt. 'Dit allemaal... gevangen in een schoorsteen, wachten op de politie...' Ze glimlacht naar me. 'Ik wil wedden dat je nooit had gedacht dat je zo je zaterdagavond zou doorbrengen, wel?'

'Niet echt.'

'Nou,' zegt ze, 'het spijt me als ik je plannen in de war heb gestuurd.'

'Dat geeft niet.'

'Wat was je eigenlijk van plan? Wat zou je doen als je hier niet vastzat?'

Dan had ik thuis gezeten, denk ik bij mezelf, *en met mijn moeder gekeken naar zaterdagavondonzin op tv.* Maar dat vertel ik haar natuurlijk niet. In plaats daarvan zeg ik: 'Ik zou met mijn vriendin uitgaan. We zouden naar een disco gaan.'

'Heus? Klinkt geweldig...'

'Ja.'

'Hoe heet ze?'

'Wie?'

'Je *vriendin*.'

'O, ja... Amy... ze heet Amy.'

Alice knikt, haar groene ogen glinsteren in het zwakke licht. 'Is ze knap, die Amy van jou?'

'Ze kan ermee door.'

'Alleen maar *ermee door?*'

'Ja, ze is knap.'

'En wat doet ze als je niet op komt dagen? Denk je dat ze je aan de kant zet?'

'Weet ik niet...'

'Ik weet zeker dat ze het wel begrijpt als je haar vertelt wat je is overkomen.' Alice glimlacht. 'Vertel haar maar dat je de hele avond met een roodharige meid in een leren broek in een schoorsteen hebt gezeten – natuurlijk begrijpt ze het dan.'

'Ja...'

'Dat was een *grap*, Finbar... Ik probeer het wat luchtiger te maken.'

'Weet ik.'

Ze kijkt me weer zo aan, ze staart recht in mijn ogen. Ik weet niet wat ik moet doen. Ik weet niet wat ik denken moet... over Alice, over mezelf, over de hele bende. Ik weet niet wat er hier aan de hand is.

'Kijk eens,' zegt ze, 'het spijt me – goed? Het was niet mijn bedoeling om je hierin mee te slepen. Het gebeurde gewoon. Ik wou dat ik er iets aan kon veranderen, maar dat kan ik niet. Ik kan alleen maar zeggen dat het me spijt. Dus... snap je... het spijt me. Goed?'

'Ja,' zeg ik.

'Zeker weten?'

'Ja, het is goed... echt.'

'Oké dan.' Ze veegt wat roet van haar handen en kijkt omhoog door de schoorsteen. 'Wat is dit eigenlijk voor plek? Wat moet die gek van een opa van jou eigenlijk met een schuilplaats in zijn schoorsteen?'

'Hij kocht en verkocht vroeger dingen,' zeg ik tegen haar. 'Soms dingen die hij moest verbergen. Dus heeft hij dit hier gebouwd.'

'Wat?' grijnst ze. 'Je bedoelt gestolen goederen.'

'Dat denk ik... ja.'

'Kijk eens aan...' lacht ze zachtjes. 'Dat verklaart veel.' Ze kijkt me aan. 'Je weet dat hij hartstikke gek is, hè?'

'Ja.'

'Het zit toch niet in de familie, hè? Jij slaat zo toch niet ook op tilt, hè?'

'Liever niet.'

Ze knikt en grijnst, wrijft dan over haar nek, sluit haar ogen en gaapt. *Ze zal wel moe zijn*, denk ik bij mezelf. *Moe en hongerig*. Ik kijk hoe ze haar hoofd buigt en op haar knieën laat rusten, en luister dan naar de stilte – het krakende hout, het fluisteren van de wind, het verre fluiten van de vogels.

Pak het pistool, zegt een stem in mijn hoofd.

Wat?

Het pistool... op haar tas... pak het, nu ze niet kijkt...

En dan?

Weet ik veel...

Wat moet ik met een pistool?

Alice maakt een beweging, zucht, tilt haar hoofd op en kijkt me aan. Een moment lang weet ze niet waar ze is of wat er aan de hand is. Dan komt het allemaal weer boven. Ze rekt zich uit en zegt: 'Hoe lang denk jij dat het nog duurt voor de politie hier is?'

'Weet ik niet... niet lang, denk ik.'

'Je weet dat je pa en je opa iets van plan zijn, hè?'

'Wat dan?'

'Weet ik niet,' zegt ze. Ze haalt haar schouders op. 'Iets geniepigs...' Ze klopt op de rugzak tussen haar benen. 'Ze willen hebben wat ik hier heb – de rest van het geld. Ze zullen alles doen om dat te krijgen.'

Ik kijk haar aan. 'Waarom heb je dan gezegd dat je hierheen wou?'

'Veel keus had ik niet, wel? En er is een kans dat het werkt. Geen erg grote kans, maar niet erg groot is groter dan niets. Denk jij dat we een kans hebben? Denk jij dat dit gaat werken?'

Ik haal mijn schouders op. 'Ik weet het niet... misschien.' Ik kijk haar aan. 'Wat ga je doen als het niet lukt?'

'Dan word ik gearresteerd.'

'En ik dan?'

'Wat bedoel je?'

'Nou... als pa en opa de politie vertellen dat we hier zitten...'

Ze fronst haar voorhoofd. Ze begrijpt het niet.

'Verzekering,' leg ik uit. 'Ik ben je verzekering–'

'O, *dat!*' zegt ze. 'Jezus, Finbar, dat geloof je toch niet, hè? Ik blufte maar wat. Ik ga je heus niet neerschieten, hoor. Wie denk je wel dat ik ben?'

'Nou, weet ik niet... ik bedoel...'

'Als ik je niet bij me had, dan zouden je pa en je opa me meteen aangeven bij de politie. Ze zouden het geld verstoppen, mij aangeven en klaar is kees. Maar dat doen ze niet zolang ik jou hier heb, wel?' Ze leunt voorover en klopt me op mijn been. 'Jij bent mijn gratis kaartje naar buiten, Finbar.'

'Niet helemaal *gratis*,' zeg ik.

'Niet?'

'Nou ja, je hebt pa en opa een derde van het geld gegeven...'

Ze moet glimlachen. 'Denk je nu werkelijk dat ik hen dat laat houden?'

'Maar...'

'Het is mijn geld,' zegt ze bitter. 'Ik heb het gestolen,

ik heb alle risico's genomen... dat laat ik me niet zo-maar door een stel oude gekken afpakken.' Haar ge-zicht wordt zachter. 'Geen zorgen, ik zal ze niets doen. Als de politie eenmaal weg is, pak ik gewoon mijn geld en ga ik ervandoor.'

'Ze hebben het vast verstopt—'

'Ik vind het wel.'

'En je dochter dan?'

Ze geeft niet direct antwoord. Ze kijkt me alleen aan, en de lucht wordt kil. De muren lijken om ons heen te krimpen. Ik heb geprobeerd om het niet over haar dochter te hebben. Maar er zit me iets dwars, er knaagt de hele tijd iets in mijn hoofd, en nu moet het eruit.

'Mijn dochter?' zegt Alice.

'Ja... Hoe denk je haar terug te krijgen?'

'Wat?'

'De politie houdt haar natuurlijk vast. Ze weten wie je bent, ze weten waar je woont... ze hebben natuurlijk door waar je dochter is, en ze houden haar ergens vast. Dus zelfs als je hier met al je geld wegkomt, dan moet je haar nog steeds terug zien te krijgen vóór je die ope-ratie voor haar kunt regelen...'

Mijn stem sterft weg als ik Alices gezicht zie. Ze

grijnst me aan, schudt lichtjes met haar hoofd, met kille, heldere ogen.

'Wat is er?' vraag ik haar. 'Wat?'

'Ik *heb* helemaal geen dochter, idioot. Wat zou ik met een *dochter* aanmoeten?'

'Maar... maar je zei...'

'Jezus,' snuift ze. 'Je bent net zo erg als die andere twee. Jij gelooft ook alles!'

'Je hebt geen dochter?'

'*Natuurlijk* niet. Ik moest toch wat vertellen. Ik moest tijd winnen.... medelijden oproepen.' Er komt iets spottends in haar stem. 'Arm, klein meisje, moet geopereerd worden, snif snif snif...' Ze lacht kil. 'Word eens wijzer, Finbar – dit is geen tv-programma. Dit is de werkelijkheid. Ik ben een dief. De Co-op heeft me ontslagen omdat ik geld achteroverdrukte... dus ben ik teruggegaan en heb ze beroofd. Ik ben een dief, dat is het hele verhaal. Heel eenvoudig.'

Ik ben sprakeloos. Stom. Leeg. Ik zit daar maar en laat het over me heen komen, en duizend verschillende gevoelens wervelen door mijn hoofd...

Dan hoor ik het geluid van slaande deuren en stampende voeten van beneden komen, en mijn hart staat stil. Er wordt geschreeuwd, er klinken zware voetstappen... en uit mijn ooghoek zie ik dat Alice volledig stil zit en met strak gezicht toeluistert. Haar huid is bedekt met een laagje zweet... ze ziet er niet meer zo mooi uit. Ze lijkt harteloos, geslepen en hebberig... ze ziet eruit als ieder ander.

'Luister eens,' zegt ze. 'Ze komen... ze komen naar boven.'

Ik hoor de treden van de trap kraken, en dan een stem die daarbuiten roept. 'Hallo? Alice... hallo? Zit je daarbinnen? Hallo? Dit is de politie... we zijn gewapend. We komen nu naar binnen... oké? We komen naar binnen...'

10

Ik weet niet wat ik doe

Ik heb nu geen gedachten meer... ik ben alleen nog een lijf.

Mijn hoofd is leeg en ik teer op mijn zenuwen. Ik kan elk geluid horen. Ik hoor de politie de zolder opkomen, hun rustige stappen en hun voorzichtige gefluister, het lichte gekletter van pistolen, het kraken van de planken.

Ik kan hen zien – in mijn hoofd kan ik hen *zien*. Ik kan hen zien in hun kogelvrije vesten, met hun helmen met vizieren. Ik kan hen de zolder zien afzoeken naar een teken van leven, hun lampen langs de balken en de planken zien gaan, over de stoffige oude dozen die in donkere hoeken staan opgestapeld.

En ik kan hen ook voelen.

Er gebeurt niets. En dan, als ze doorkrijgen dat Alice er niet is, beginnen ze harder te praten. Ze beginnen losser rond te lopen, en ze zijn minder op hun hoede.

Vóór mij staart Alice strak naar de muur. Haar groene ogen staan wijd open. Haar hand is om het pistool geklemd. Ze ademt snel. Ze zweet. Ik kan haar borst op en neer zien gaan. Ik kan haar korte, zwakke ademhaling horen.

'Hé,' zegt een stem buiten, 'kijk daar eens.'

'Wat?'

'Die muur... er zit een gat in die muur.'

'Jezus,' zegt iemand.

Dan lopen ze allemaal tegelijk naar de muur, bekijken het gat, kijken erdoor naar de zolder van de buren.

En één van hen zegt: 'Hier is ze doorgekropen... ze zit in het huis hiernaast. Wordt dat gedekt?'

'Dat weet ik niet, commandant.'

'Nou, zoek het dan uit – direct!'

Dan hoor ik hun radio's, krakerige stemmen, mensen die snel lopen... en ik neem aan dat ze precies doen wat pa zei dat ze zouden doen – ze denken dat Alice via het huis van de buren is ontsnapt.

Pa had gelijk.

Verdomme.

Hij had gelijk.

Nu pa's plan begint te werken en de politie met veel kabaal in de foute richting begint te zoeken, voel ik Alices hand op mijn been.

Ik kijk op en zie dat ze naar me vooroverbuigt met een glimlach op haar gezicht. Haar handen zijn leeg. Het pistool ligt boven op haar rugzak. Haar huid is bleek, warm, en glanst van het zweet.

'Ik denk dat het werkt,' fluistert ze. 'Ik denk dat het *werkt.*'

En ze knikt, haar gezicht licht op – en op dat moment gil ik en bespring ik haar.

Niet dat het een echt gevecht is, maar dat wil ik ook niet. Ik probeer haar niet in elkaar te slaan of zoiets, ik probeer haar gewoon van dat pistool weg te houden tot de politie hierbinnen is. Dus spring ik op haar en sla haar de lucht uit haar longen, en ik gil en ik schreeuw zo hard als ik kan – *'HÉ! HÉ! HIERHEEN! IN DE SCHOORSTEEN! ACHTER DE KAST!'* – en ik heb het pistool van de rugzak gepakt en weggegooid. Nu begint ze terug te vechten. Haar longen werken weer, ze is de schok te boven, en ze vecht als een gek. Ze vecht als een beest – ze gilt, ze sist, ze spuugt, ze vloekt... ze slaat me, krabt mijn gezicht open... ze probeert me zelfs te bijten. Ik probeer haar op de grond te houden, maar het is alsof ik een nest slangen moet bedwingen. Ze is maar klein, maar ze is sterk en snel en lenig, en ik heb niet genoeg handen om haar in bedwang te houden.

'SCHIET OP!' gil ik. 'HELP... SNEL... HELP ME!!'

Ik kan hen nu horen, ze openen de kast, werken zich door de rotzooi die pa daar heeft opgestapeld. *Het duurt nu niet lang meer,* denk ik. *Het duurt nu niet lang meer* –

'Klootzak!' spuugt Alice en ze plant haar knie in mijn kruis, dat is pijnlijk. Ik verlies de greep op haar armen en ze tast omhoog en haalt haar vingernagels over mijn gezicht, tot het bloed eruit spat. Ik houd mijn ogen dicht tegen de pijn en ik graai blind in het rond, probeer haar arm vast te pakken, maar mijn hand zit ergens in vast... de riemen van haar rugzak. Mijn rechterhand zit vast in de riemen van haar rugzak. En nu wringt ze zich onder me uit, ze wriemelt als een gek, ze probeert bij haar pistool te komen. Ik probeer haar tegen te houden met maar één hand, maar ik heb allebei mijn handen nodig. Dus begin ik zo hard als ik kan mijn rechterhand heen en weer te bewegen, in een poging om die los te maken, en op de een of andere manier komt mijn hand *in* de rugzak terecht.

Nu ben ik het kwijt, ik ben de controle kwijt, en de angst wint het... en op de een of andere manier geeft me dat net het extra zetje dat ik nodig heb.

Door mijn benen en mijn lichaam te gebruiken heb

ik Alice tegen kunnen houden, maar ik kan haar vingers naar het pistool zien bewegen, ze komen er steeds dichter bij. De politie is nog altijd in de weer in de kast, en mijn hand zit nog steeds vast in de rugzak. Ik weet dat ik in de problemen kom als ik niet snel iets doe. De angst geeft me de kracht om mijn lichaam om te draaien en ik gooi mezelf naar achteren en omhoog. Met een luide kreun van de inspanning zwaai ik ondersteboven door de lucht, ik kijk door de schoorsteen naar een cirkeltje lucht, en val dan weer neer, mijn rug eerst, die hard op Alices hoofd terechtkomt. Ik hoor een doffe knak, een kreun, en dan wordt alles stil.

De seconden verstrijken... 10 seconden, misschien 20... Ik weet het niet. Ik ben verdoofd en buiten adem. Badend in het zweet, onder het roet. Ik lig op mijn rug op Alices hoofd. Ik trek mijn hand uit de rugzak. Ik doe iets...

Mijn ogen zijn gesloten.

Ik weet niet wat ik doe.

Dan breekt de achterkant van de kast open en staar ik omhoog in het verblindende licht van een zaklamp, en recht in de loop van een pistool.

11

Net als pa zei

En dat is het zo'n beetje. Dat is mijn verhaal. Dat is me overkomen op die hete zomerse zaterdag in juni. Het lijkt nu alweer lang geleden, maar dat is het niet – het is pas twee weken geleden. 10 dagen, om precies te zijn. Of misschien 11...?

Ik weet het niet.

Ik lijk de tijd kwijt te zijn.

Maar goed, je hoeft niet *alle* details te weten van wat er daarna is gebeurd. Ik vertel gewoon wat je moet weten.

Alice was niet ernstig gewond geraakt toen ik op haar hoofd viel, ze was gewoon even bewusteloos. De politie deed haar de handboeien om en leidde haar weg. Ik heb haar niet meer gezien. Ik denk dat ze de gevangenis in moet voor die gestolen motor, voor een gewapende overval en illegaal vuurwapenbezit... en dat is pas het begin.

Ik denk dat ze wel een tijdje moet zitten.

De politie is nog niet klaar met pa en opa. Ik heb alles over hen verteld – over het geld, de afspraak die ze met Alice hadden gemaakt, de manier waarop ze mij als verzekering hebben gebruikt... Ik heb de politie zelfs geholpen om naar het geld te zoeken. Ik had gelijk – pa en opa hadden het al verstopt. Maar ik ben vaak genoeg in opa's huis geweest, en ik ken de meeste geheime bergplaatsen wel. Het duurde niet lang voor we het geld hadden gevonden. Het was uiteindelijk niet veel. Ik weet niet precies *hoeveel* het was, maar ik heb de briefjes gezien toen ze ze vonden, en het leek me niet bepaald een fortuin. Een paar duizend pond, misschien – vier- of vijfduizend, zoiets. Dus als zij een derde hadden, dan kan het totale bedrag dat Alice had gestolen niet meer dan £15.000 zijn. Niet dat iemand het juiste bedrag schijnt te weten.

Maar daarover zo meer.

Zoals ik al zei onderzoekt de politie nog wat pa en opa hebben uitgehaald. Ze zitten niet meer in de gevangenis, dus ik denk dat ze weer in opa's huis zijn. Ik weet niet wat er met hen gaat gebeuren. Niet veel, denk ik. Ze wurmen zich er wel weer uit. Dat doen ze altijd. Zo lang ze mij maar niet lastigvallen kan het me niet schelen wat er met hen gebeurt.

Arme, oude Oupa is naar een bejaardentehuis verhuisd. De sociale dienst is hem komen ophalen toen pa en opa nog gevangenzaten. Ik ben twee dagen geleden bij hem op bezoek geweest, maar ik denk niet dat ik nog een keer ga. Hij heeft de hele tijd naar de paardenrennen op tv zitten kijken en mummelen over chips. Ik weet niet eens of hij wel wist wie ik was.

En ik? Wat is er met mij gebeurd? Nou, ik had het antwoord op een hoop vragen, en ik moest een verklaring afleggen. Ik zal naar de rechtbank moeten als Alices proces begint... maar behalve dat is er niets veranderd. Ik hoef niet meer bij pa op bezoek. Dus ik heb mijn zaterdagen voortaan vrij, dat is heel fijn. En verder? O ja – ik heb een telefoontje gekregen van Amy. Ze belde me op een avond op en vroeg of ik nog steeds een keer met haar uit wilde.

'Waarom?' vroeg ik haar.

'Waarom?'

'Ja – waarom?'

'Nou,' zei ze, 'het leek me wel leuk.'

'Eerder leek het je helemaal niet leuk.'

'Dat weet ik, maar–'

'Nee, dank je,' zei ik, en legde neer.

Ik weet niet wat ze daarvan dacht, maar het kan me

niet veel schelen. Want weet je, ik heb nu een nieuwe vriendin. Ze heet Tara. Ze is een jaar ouder dan ik, met lang blond haar en schitterende blauwe ogen en een figuur waar je hart van stilstaat. Ik ben haar tegengekomen in de disco. Ze zag het eerst niet zo zitten met mij, maar toen ze al dat geld in mijn portemonnee zag, veranderde ze ineens van gedachten. Nogal oppervlakkig, ik weet het...

Maar wat maakt het uit?

Allejezus, ze is een *moordgriet.*

Ik vind het *fijn* bij haar.

Ik vind het *fijn* om mijn geld aan haar uit te geven.

Goed, ik weet wel dat het niet echt *mijn* geld is, maar daar voel ik me niet schuldig over. Het was niet echt mijn *bedoeling* om het uit Alices rugzak te pakken toen ik op haar hoofd in de schoorsteen lag. Ik was in de war, verdoofd, weet je nog? Mijn hand leidde een eigen leven. Toen ik haar eindelijk uit die rugzak trok, zat die stapel geld er al in, strak tussen mijn vingers. Ik kon er niets aan doen. Vóór ik wist wat er gebeurde had mijn hand het geld achter in mijn broek gestopt. En het volgende ogenblik was de politie overal, met pistolen in mijn gezicht en lampen in mijn ogen... en ik denk dat ik er in alle verwarring niet meer aan gedacht heb. Toen ik het me herinnerde... nou, toen was het te laat. Stel je eens voor wat ik allemaal zou hebben moeten uitleggen... en alle problemen die me dat zou hebben opgeleverd.

Uiteindelijk heb ik besloten dat ik het geld maar het beste kon houden.

Het is moeilijk voor te stellen, dat weet ik.

Maar zo is het nu eenmaal.

Het is kennelijk niemand opgevallen dat er geld ontbrak. De Co-op heeft geen klacht ingediend, en de politie heeft me er niet naar gevraagd. Daarom denk ik dat ze helemaal niet weten hoeveel geld er eigenlijk was gestolen. De enige die dat weet is Alice, en ik denk niet dat zij iets heeft gezegd. Ik weet niet waarom niet. Ze weet hoeveel ze heeft gestolen. Ze heeft het uitgeteld op tafel. Ze moet weten hoeveel ze nu *zeggen* dat ze gestolen heeft. Ze moet weten dat er wat ontbreekt. Waarom heeft ze dan niets gezegd?

Vraag het niet aan mij.

Ik weet het niet.

En ik *wil* het niet weten ook.

Het is net als pa zei, zolang ze haar mond maar houdt...

Alles komt in orde.